어쩌다 맑음

황금알 시인선 209
어쩌다 맑음

초판발행일 | 2020년 5월 15일

지은이 | 문순자
펴낸곳 | 도서출판 황금알
펴낸이 | 金永馥
선정위원 | 김영승 · 마종기 · 유안진 · 이수익
주간 | 김영탁
편집실장 | 조경숙
표지디자인 | 칼라박스
주소 | 03088 서울시 종로구 이화장2길 29-3, 104호(동숭동)
전화 | 02)2275-9171
팩스 | 02)2275-9172
이메일 | tibet21@hanmail.net
홈페이지 | http://goldegg21.com
출판등록 | 2003년 03월 26일(제300-2003-230호)

ⓒ2020 문순자 & Gold Egg Publishing Company Printed in Korea
값은 뒤표지에 있습니다.
ISBN 979-11-89205-63-8-03810

*이 책은 서울문화재단 '2018년 창작집 발간 지원사업'의 지원을 받아 발간
  되었습니다.
*이 도서의 국립중앙도서관 출판예정도서목록(CIP)은 서지정보유통지원시
  스템 홈페이지(http://seoji.nl.go.kr)와 국가자료종합목록 구축시스템
  (http://kolis-net.nl.go.kr)에서 이용하실 수 있습니다. (CIP제어번호 :
  CIP2020016716)

어쩌다 맑음

문순자 시집

황금알

| 시인의 말 |

이젠

놓아주마

가난한 내 시편들아

2020년 감귤꽃 환한 봄날

문순자

차 례

1부 봄날의 교집합

2부 내 뺨을 쳐라

3부 사초에 단풍 들다

4부 웃음바다 울음바다

5부 홀리듯 벌건 대낮

1부

봄날의 교집합

향일암 동백

적어도 소원 하난 들어준다는 말을 듣고

바다 건너왔는데 본척만척 금동불상

금오산 절벽 한 자락 동백에나 빌어본다

소리쟁이

잘 먹고 잘산다면 뭔 소리가 우러나랴
애월 어느 바닷가 소라고둥 같은 마을
건들면 울음소리가
묻어날 것 같은 이들

상군해녀 춘희 삼촌은 내 어머니 친구다
4·3 광풍 이후 날궂이하듯 도진 신병
한사코 내림굿은커녕
푸닥거리도 마다했다

농한기 멍석 깔면 우리 집은 노래마당
"느~영 나~~영 두리둥실~ 놀~고요"*
북 장구 허벅장단에
파도 소리도 끼어든다

그때 그 선소리꾼 분명 세상 떠났는데
어머니 요양원 곁에 오락가락 숨비소리
이 가을, 소리쟁이로 와
한 목청 꺾나보다

* 제주민요 한소절.

씨름판

그것참,
씨름판인지 보름달인지 모르겠다
'코로나'와 씨름하다 무관중으로 치르는
생중계 '씨름의 희열'
파이널 리그를 본다

울퉁불퉁 달 표면처럼 어지러운 발자국들
어느 확진자가 거길 다녀갔을까
옥토끼 떡방앗간도
개점휴업 아닐까 몰라

상강 무렵

여섯 살 계집애가 그려놓은 수평선

높아진 하늘만큼

바다 빛 더 깊어졌다

새처럼

가벼이 앉은

아흔넷

내 어머니

우도땅콩

휘익 휙 새우깡 날려 갈매기 몇 흘려본다
갑판에서 바라본 우도행 저 바닷길
도항선, 방금 온 길도
흔적 없이 지워낸다

벌 나비나 바람은 내 취향이 아니다
제 꽃에 제가 겨운 나는야 제꽃정받이
잠자리 꽁지를 꽂듯 땅속에 알을 슨다

함부로 말하지 마라,
콩알만 한 땅콩이라고
무적도 숨비소리도 서빈백사 노을도
반쯤은 바다에 빠져 절반만 여문 거다

봄날의 교집합

어린 봄 햇살 몇 줌
어찌 그냥 흘리랴
겨우내 눅눅해진 이불 홑청 가는 사이
일곱 살 벌테 손자가 반짇고릴 엎질렀다

저건 전리품이다
시집올 때 딸려온
쪽가위 골무 단추 남편의 첫 월급봉투
덩달아 마른 탯줄도 불쑥 튀어나온다

벼락 맞은 대추나무 도장이나 만들까
세상에 남길 거라곤 하나뿐인 탯줄도장
아들놈 첫울음 같은
연두로 꾹 찍고 싶다

백록담 1초

12시 정각 진달래밭
1시 30분 하산 사이렌

몸 따로 마음 따로 스틱 따로 올랐는데

백록은 보지 못하고
그 뿔에 쫓겨 왔네

어쩌다 맑음

바다에 반쯤 잠겼다 썰물 녘 드러나는
애월 돌염전에 기대 사는 갯질경같이
한사코 바다에 기대
서성이는 생이 있다

그렇게 아흔아홉 세밑 겨우 넘겼는데
간밤엔 육십 년 전 돌아가신 할머니가
아기 젖 물리란다며 앞가슴 풀어낸다

사나흘은 뜬눈으로, 사나흘은 잠에 취해
꿈속에서도 꿈을 꾸는 어머니 저 섬망증
오늘은 어쩌다 맑음
요양원 일기예보

붉은 찔레꽃

의정부 언니 대신 조카가 찾아왔다
그나마 알아볼 때 얼굴 한 번 본다고
열네 살, 고향을 떠난
언니 대신 찾아왔다

난생처음 만나는 돌염전 외할머니
아무 말도 못하고 연신 손만 쓰다듬는
백 살의 어머니 눈에 반세기가 흐른다

때마침 병실 TV, 젖어 드는 가요무대
'찔~레꽃 붉게 피~~는 남쪽나라 내~ 고향……'
오늘 밤 천리객창에
불빛 하나 떠돈다

방애불

불 놓아라 달이 뜬다
불 놓아라 달이 뜬다
야성의 말잔등 같은
저 오름에 불 놓아라
바람의 주문을 외듯 방애불을 놓아라

막춤을 안 추려면 새별오름 오지마라
훠이 훠이 억새 춤
일렁일렁 불 그림자
내 몸속 유목의 피도 이제는 알 것 같다

팔자려니 이 오름,
팔자려니 목호의 난
몽골 100년 그 사이 피 섞이고 말 섞이고
그때 그 욕설은 남아
'좆으로 몽근놈아'

사랑도 태우려면 저렇게 태우는 거다
이 봄날 또 도지는 역병 같은 사랑아

기어이 오름 정수리
샛별로 와 박힌다

2부

내 뺨을 쳐라

감귤꽃, 따다

결국 도루묵이다
이 밭에 또 꽃이 왔다
서너 번 태풍도 치른 2년생 감귤나무
'족아도 아지망'이라고
다닥다닥 내민 꽃들

차마 저들에게 어찌 열매를 바라랴
우연이듯 필연이듯 하필이면 내 생일날
생애 첫 꽃봉오릴 딴다
환향녀 같은 것들

폐원할 땐 언제고 이제 와 꽃타령이냐
찌직 찌지직 레코드판처럼 빈정대는 직박구리
농심은 천심이란 말
낯 뜨거워 못 하겠다

넥타이

봄이면 습관처럼,
습관처럼 무장을 한다

왼쪽엔 전정가위
오른쪽엔 전정톱

퇴직한
넥타이, 저도
내 허리를 조인다

어느 비닐하우스

여자에게 과거는 묻는 게 아니랬다
사나흘 묻나들이 헛바람 든 감귤밭
여름순 가을순 가리랴
부나비 같은 사랑

그 사이 은밀하게 알 슨 굴굴나방
하우스 몇 평 없으면 그게 어디 농사꾼인가
이파리,
저 은빛 공사
영락없는 비닐하우스

이래 봬도 내 꿈은 바람 타는 비닐하우스
쇠붙이 하나 없이 맨몸으로 굴을 파는
애벌레, 저 성스런 농법
내 무릎을 꿇는다

섭섭한 타협

바다다, 일렁일렁 보름사리 애월바다
새별오름 녹고뫼오름 떴다가 잠겼다가
해종일 밀당을 하듯
꽃 따내는 이 짓거리

철부지, 저 철부지
목숨 걸 게 따로 있지
사춘기 여드름 돋듯 복작복작 꽃숭어리
다섯 살 감귤나무의 꽃모가질 비튼다

우리, 이왕이면 너 살고 나도 살자
직박구리 여원 발목 고대하는 첫 수확
하늘도 세상도 절반
타협하는 이 봄날

세배 가는 달

암만해도 정초부터
수지맞을 일 있나 보다

난생처음 초이틀달
서녘 하늘 초승달

애조로涯朝路 친정 가는 길
깃털같이 가는 길

내 뺨을 쳐라

첫 수확 감귤밭을 어떻게 알았을까
'링링' '타파' '미탁' 그리고 '하기비스'
이름도 낯선 태풍들
번갈아 다녀간다

크든 작든 농사야 하늘이 짓는다지만
생색내듯 서너 됫박 햇살은 못 보탤망정
어린 것,
그만 흔들고
차라리 내 뺨을 쳐라

갯무꽃

구엄리 갯무꽃은 혼자 피고 혼자 진다
툇마루 걸터앉은 구순의 내 어머니
한 생애 끌고 온 바다
처얼~썩 철썩 처~얼썩

대물릴 게 없어서 바다를 대물렸나
비닐하우스 오이 따듯 덥석 따낸 해녀증
큰올케 노란 오리발
허공을 차올린다

삼월 보름 물때는 썰물 중의 썰물이라
툿이며 보말 소라 덤으로 듣는 숨비소리
한 구덕 어머니 바다
욕심치레 하고 있다

피 봤다

놀리느니,
댓마지기
기장씨를 뿌렸다

기장도 연두 연두
연두 천지 피 천지

아무리
에멜무지라도
여름 농사 피 봤다

박달나무 꽃피다

박달나무 박달나무 긴 주걱 따라가면
밥 달라 밥 달라는 예닐곱 살 구엄바다
무쇠솥 처얼썩 철썩
휘젓는 어머니의 노

제천장 좌판에서 그 주걱 또 만났네
한세월 거슬러온 박달재 고갯마루
아버지 낮술에 묻은 '희망가'도 따라왔네

오늘은 김장하는 날, 친정집은 잔치마당
젓갈이며 고춧가루 세상사 휘젓고 나면
한겨울 긴 주걱 끝에
덕지덕지 피는 꽃

금니빨

우리 밭 가는 길엔 날 피하는 곳이 있다
전설처럼, 입에서 입으로만 떠도는
지명도
적나라하다,
도둑년 묻은 테역밭

세월 따라 이 땅에 흘러든 무덤 너댓
개자리 애기똥풀 방가지똥 도깨비바늘
서러운 이름 부르듯
철없이 피어났다

숭어 뛰자 망둥이 뛰듯
덩달아 땅값은 뛰어
누군가 슬그머니 돌담 몇 개 둘렀다
그 옛날 도둑년같이,
저 망할 도둑놈 심보

모처럼 친정에 와 가타부타 참견하다
"속숨허라, 딸들은 허가받은 도둑년이여"

금니빨,
환하게 웃는
구순의 내 어머니

3부

사초에 단풍 들다

꽃기린

피고
지고
피고
지고
일 년 내내
그 짓 하네

수은주 뚝 떨어져도
밥 먹듯 그 짓 하네

허접한
가시면류관
꽃불 켰다, 껐다 하네

혜화문 아래

북대문 닫았으면 그냥 열고 볼일이지
간혹 그대 맘도 열어놓고 볼일이지
몇 갈래 골짜기처럼
흘러내린 창경궁로

저 문을 넘어서야 새 세상 열리리라
기대 반 두려움 반 떠밀리고 떠밀려
제주서 유배를 오듯
둥지 튼 내 딸아이

그때 그 광장에 촛불마저 사윈 자리
자동차 불빛들이 물소리로 떠 흐른다
첫 월급 명세서마냥
카톡 카톡 떠 흐른다

사초에 단풍 들다

왕릉은 시월에도 예초기 돌리나 보다
제주 알오름 같은 헌릉 인릉 돌아들면
대모산 풀 비린내가
왕조실록 사초史草 같다

그 실록 어느 행간,
먹물 번진 조선의 하늘
'원통하고 억울하면 이 북으로 고하라'
그때 그 서러운 가슴들
단풍들고 있었다

한 잎 한 잎 사연이야 하늘이 다 들을 일
나는 왜 돌고 돌아 여기까지 왔는지
궐문 밖 둥그런 세월
북채나 잡고 싶다

괭이밥

길고양이
배고프면
무얼 먹나, 괭이밥

길고양이
배 아프면
무얼 먹나, 괭이밥

이 봄밤
노란 그리움
나도 한 술 떠낸다

각시투구꽃

가도 가도 간도 땅
연길 너머 간도 땅
비룡폭포, 장백폭포, 그게 그 이름인데
나는 또 이쯤에 와서 무어라 불러야 하나

무어라 불러야 하나,
내 안의 이 간절함
각시 각시 새각시, 남남북녀라는데
누구의 여전사마냥 북파능선 오른다

광복절 그다음 날 하필이면 너를 만나
대놓고 통성명도 못 하는 우리 사이
백두산 가을을 당겨
물소리로 젖는다

왕관무릇

돌고 돌아도 그 자리
베두리오름 그 자리

너도 나도 한 자리
감투를 돌려쓰듯

6 · 13
끝나자마자
대관식을 치르네

개구리발톱꽃

이대로
봄 한철을
폴짝
건너뛰고 싶다

경칩보다 날 먼저 찾아온 알레르기성비염

오름길
재채기하다
톡
터트린
흰 얼룩

길마가지나무

소나기 쓰윽 훑고 간
한경면 청수곶자왈

열에 아홉 사람은 영락없이 놓친다는

그 꽃을 보러 왔다가
하마 나도 놓치겠네

그다지 예쁜 것도
눈에 띄는 것도 아닌데

길마가지 길마가지 소잔등 길마가지

봄이 채 오기도 전에
하마 그대 놓치겠네

산굴뚝나비

보아하니,
영락없는 그 이름에 그 행색이다
가도 가도 화산암,
낙엽인지 나비인지
한여름, 바람 거슬러 팔랑팔랑 떠돈다

빙하기의 제주는 한반도와 한몸이었다
결빙이 풀리면서 떨어질 만큼 떨어져 나간
그 섬에
별리의 상징
한라산 산굴뚝나비*

내게도 유랑의 기질 있기는 있는 걸까
그대 아득 멀어져 섬으로 앉은 저물녘
아버지, 친정아버지
어지러이 떠돈다

* 한라산과 백두산 일대에만 서식하는 나비.

추풍령 삘기꽃

감귤을 까먹다가 손바닥도 감귤빛이네
은근슬쩍 당 떨어지는
오후 3시 고속도로
인연도 여기쯤이면 단풍들기 좋겠네

그렇게 가을바람에 나부끼는 삽과 망치
백두대간 한 줄기 경부고속도로 첫 휴게소
아버지 청자담뱃갑*,
기념탑도 여기 있네

그 탑 아래 삘기꽃,
가을에 또 피었네
술로 저 담배로 다 달랜 줄 알았는데
추풍령, 여기까지 와 속수무책 일렁이네

* 1970년 7월 경부고속도로 준공기념 청자담뱃갑.

4부

웃음바다 울음바다

잘코사니!

작정하고
간만에
들불축제 가쟀더니

"약속 있어"
"난, 숙제"
"고양이 밥도 줘야 하고…"

마당귀
토종 동백만
거봐란듯
붉게 탄다

아버지

별도봉 자살터에 도체비불 펠~롱

'다시 한 번 생각하라' 등대불이 펠~롱

한 모금 내뿜는 사이

펠롱 펠롱

펠~롱

꽃과 바다

내 아버지 기일은 꽃샘추위 끝물이다
넘실넘실 구엄 바다 목련꽃 피워대는
그 바다 저어 온 달을
매어놓은 친정집

40년쯤 지나면 제삿날도 잔칫날 같다
핑곗김에 4대가 와자지껄 모여들면
세상사 '똥복헌 일'*에도
웃음꽃 울음바다

이승을 떴다 해도 아니면 또 왔다 해도
멧밥 갱 돗궤기적갈 빙떡 다 필요 없다
또 한잔 음복주 생각
간절하실 사람아

* '방귀 뀌듯 아주 사소한 일'이라는 제주 속어.

호구虎口

날 새면 한의원 갈까
병원에 그냥 갈까

오냐오냐 받아주니 성한데 하나 없다

바둑판
아다리치듯
날 떠미는 세상아

다시, 쓰다

봄이면 버릇처럼 전정가위 만진다
감귤나무 생목숨 다비한 지 10년 만에
아들놈 첫 월급 털어
감귤나무 또 심는다

생각 없이 받아든 몇 푼의 폐원보상비
참깨 기장 양배추 별별 농사 다 해봤다
세상에 공짜가 어딨나, 도로아미타불 같은

일수 찍듯 서둘러 밭으로 나서는 길
죽어라 김을 매도 돌아서면 무성해지는
이 땅에
몸으로 쓰는,
몸으로 쓰는 영농일기

몸으로, 갑년

기막혀라!
내 몸이 이미 갑년을 아는 걸까
이 병원 또 저 병원 쇼핑하듯 드나들면
여섯 살 손녀딸 비누에 슬그머니 손이 간다

삶의 어느 길목인들 가려움이 없었으랴
늦가을 늦바람처럼
느닷없는 성인아토피
휘파람 그 인연 하나 매복하고 있었다

어쩌면 한세상은 숟가락을 세다 가는 일
성성하던 억새도 바람에 몸 맡기듯
육순의 헛헛한 몸뚱이
세월에나 맡긴다

도둑비

잠결에
아이 재우듯
알람 끄고 잠든 사이

도둑비 다녀갔나, 아스팔트 다 젖었다

아득히,
이 길을 따라
첫사랑도 떠났다

첫차

동백꽃 한 송이 없는
이곳이 나는 싫다

떠나느냐 남느냐
밤새 뒤척이는 파도

서울역,
붙잡지 않아
첫차 그냥 보낸다

늦눈마저 보내고

목질이 단단할수록 옹이도 깊어진다

그것이 사랑이란 걸,

못 이룬 사랑이란 걸

몸으로,

몸으로 말하는

갱년기 잣밤나무

흰 접시꽃

이제는 너를 그냥 놓아줘야 할까 보다
내리 딸 둘을 낳자 사흘이 멀다 찾아와
괜찮다, 괜찮다 하시던
시어머니 눈칫밥 같은

어디서 구했는지 흰 접시꽃 세 뿌리
벼슬 붉은 장닭 넣고 삼세번만 고아 먹어라
서둘러, 꽃 지기 전에
그래야 약발 받는다

그 여름 바람 타던 아들 낳는 비법들
때마침 힐망당에 비손하는 접시꽃
꼭 무슨 빚쟁이처럼
여태껏 따라 다닌다

5부

홀리듯 벌건 대낮

꿀풀

더도 덜도 아닌
아홉 살 눈부처다

삼단 같은 머리칼
알미늄솥 바꾸던 날

덤으로 덤으로 받은
어머니 부로치다

시치미*

딸들 따라 무작정 뭍나들이 나섰다
이끌면 이끄는 대로 서울까지 날아와
휘영청 고궁의 안뜰
왕비처럼 걸어본다

고맙다고 해야 할까
그래도 아깝다 할까
사냥매 꽁지깃의 이름표를 떼어내듯
내 이력 슬쩍 떼내는
딸 도둑 내 사위야

* 매 주인의 인적사항을 적어놓은 이름표.

봉갓다*

철 그른 겨울 장마,
낮을 대로 낮아진 하늘
아들 녀석 눈높이도 낮을 대로 낮아져
구겨진 이력서처럼
두문불출 구겨졌다

사람은 제 밥그릇 입에 물고 난다지만
느닷없는 전화 한 통 심나미처럼 일어나
"봉갓다" 반짝 햇살 같은
쥐꼬리 연봉 봉갓다!

* '주웠다' 또는 거저 얻었다'라는 뜻의 제주어.

유목

사골국물 우리는 해장국집 한 뼘 뒤란
누가 씨 받았는지 제 한 몸 다 휘도록
기우뚱, 참나리꽃이
화끈하게 피었다

어디서 흘러왔나, 점박이 도둑고양이
화분에 납작 엎드려 내 눈치를 살핀다
가끔은, 아주 가끔은 모른 척 눈감아준다

내 몸을 떠돌다가 엉덩이에 잠시 머문
유목의 흔적 같은 몽고반점도 사라진 지금
점박이, 저들도 분명
흘러가는 생生이겠다

갯메꽃

똥깅이도 마다하는 돌염전 가장자리
가다가 뿌리 하나, 가다가 또 뿌리 하나
바다와 육지의 경계
연두로 깁는 봄날

그런 봄날,
다 식은 불턱에도 온기가 돌아
휴대폰 액정 속에 자맥질하는 구엄바다
자잘한 이파리들이 돛배처럼 끌고 간다

호떡

오름 가다
느닷없이
장대비를 만난 날

가는 날이 장날이라고
허기 도는 세화오일장

한입 쏙
베문 것 같은
바다 끝의 저 난장

무등이왓

그 이름만 들어도 무동 타고 싶어지는
벌건 대낮
홀리듯
마을 하나 놓쳤다
모슬포, 중문 갈림길 헤매다 또 놓쳤다

대숲과 대숲 사이
4 · 3길 돌아들면
대소사 마을 소식 나부끼던 공고판 터
그 겨울 마지막 공고,
팽나무는 알고 있다

60여 년 지나도 소개령 약발이 남은
다 떠나고 빈터에
간절한
저 매미 소리
이제는 돌아오시라 목울대를 돋운다

정자리

작대기 하나 아들 녀석
첫 휴가 나오던 날

좌르륵,
좌르르륵
바짓단 저 링소리

저 혼자 몽돌 해변을
보무당당 끌고 다닌다

송악산 으아리꽃

기어이 허공에 올라 별이 되고 말리라
기도이듯, 절규이듯 절벽을 타오르는
초가을 파도 소리를
감아올린 으아리꽃

그리움은 지상의 일, 하늘은 허공일 뿐
종일 땅바라기 그 끝에 하늘바라기
육지와 바다도 그냥 물끄러미 쳐다볼 뿐

마라도 가파도가 쏘아 올린 이 꼭대기
몹쓸, 몹쓸 모슬포 바람 온몸으로 울고 마는
하산길 내가 서 있던
그 자리도 하늘이었네

쇠죽은못

찔레꽃 가뭄에도 밭갈아치 찾아온다
새벽부터 일을 나선
알더럭* 홀어멍네
혹하니 꽃내음 같은 살 냄새 맡았다던가

마음은 콩밭이라 날씨마저 싱숭생숭
막걸리나 연거푸 홀짝홀짝거리다가
밥차롱 쟁기에 걸고
짐짓 드러누웠다지

그 모습 보다 못해
쟁기 잡은 여장부
사람도 헉헉 쇠도 헉헉 밭갈인 다 마쳤는데
세상에, 물 먹다 그만
급체한 저 밭갈쇠

연못이 무슨 죄랴,
빠져 죽은 쇠 잘못이지
그 쇠 헉헉 끌고 온 홀어멍 잘못이지

홀어멍 살 냄새 맡은 그놈이 잘못이지

* 애월읍 하가리 옛 지명.

해설

상군 가인歌人이 부르는 지극한
생의 노래

류 미 야(시인 · 『공정한시인의사회』 주간)

1. 광이불요光而不耀[1]

— 빛나되, 번쩍거리지 않는다.

2.

한 권의 시집에서 그것이 묶일 당시 시인의 속내는 물론, 독특한 개성과 지향 등이 가장 극적으로 드러나는 지점은 어딜까. 아마도 '시인의 말'이나 서시, 그리고 마지막 시편이 아닌가 싶다. '시간예술'의 속성을 지닌 문

---

[1] 方而不割 廉而不劌 直而不肆 光而不耀, 『老子』 58장.

학의 특성상 의도하든 않든, 처음과 끝의 의미는 작가와 독자 모두에게 각별하기 때문이다. 더욱이 시인 스스로 가장 마지막까지 그 앞에서 머뭇거렸을 '시인의 말'이 시집의 맨 첫머리에 얹히는 것이나, 곡진했던 도정에 종지부를 찍는 마지막 시가 마침표가 아닌 다음을 향한 쉼표가 되는 것 또한 과연 역설로 미학을 꽃피우는 시詩다운 상징이라 할 것이다.

그러한 연유로 이번 시집의 마지막 여정에서 「쇠죽은 못」을 만났을 때, 시집 전체를 관통하는 시정詩情의 근원에 대한 의문이 일소되는 듯이 느껴졌다. 제주 애월읍의 전래 지명담을 모티프로 한 이 한 편의 시 속에 한 개인으로서의 시인과 그가 속한 공동체의 삶, 또 그가 발 디딘 땅의 과거와 현재가 보이지 않는 핏줄기들처럼 얽히고 이어져 있었기 때문이다. 그리고 그런 의미망의 복판에는 고요히 중심을 잡고 있는 시인의 존재가 느껴졌다. 시집의 종시終詩가 '소가 빠져 죽은 연못 이야기'인 것도 가볍지 않게 다가왔다.

찔레꽃가뭄에도 밭갈아치 찾아온다
새벽부터 일을 나선
알더럭 홀어멍네
혹하니 꽃내음 같은 살냄새 맡았다던가

마음은 콩밭이라 날씨마저 싱숭생숭

막걸리나 연거푸 홀짝홀짝거리다가
밥차롱 쟁기에 걸고
짐짓 드러누웠다지

그 모습 보다 못해
쟁기 잡은 여장부
사람도 헉헉 쇠도 헉헉 밭갈인 다 마쳤는데
세상에, 물 먹다 그만
급체한 저 밭갈쇠

연못이 무슨 죄랴,
빠져 죽은 쇠 잘못이지
그 쇠 헉헉 끌고 온 홀어멍 잘못이지
홀어멍 살냄새 맡은 그놈이 잘못이지
— 「쇠죽은못」 전문

  애월읍 하가리에 전해져 내려오는 이야기를 소재로 풀
어낸 시편이다. 흔히 오인하기 쉬운 것 중 하나가 서사
모티프를 끌어와 시적으로 변형하는 일이 창작과정의
수고를 더는 '영민한' 작업이 아닐까 생각하는 것이다.
그러나 실제로는 뼈대만 남은 이야기에 개연성蓋然性을
더해 새롭게 탄생시키는 일은 쉽지 않을뿐더러, 장르를
바꾸어 구현하기란 마치 나무를 깎아 새를 만들고 숨을
불어넣는 '연금술'에 비길 만한 노역이라는 점이다. 더욱
이 이 작품의 경우 '정형률'이라고 하는 멍에 아닌 멍에

까지 한 겹 더 들쓴 셈이니, 한 편 시를 통해 가늠해볼 수 있는 지점들이 적지 않다 하겠다.

문순자 시인은 제주 애월 태생으로, 그의 시 속에는 나고 자란 모향의 근원적인 풍광들이 천연하게 펼쳐져 있다. 시인에게 그곳은 여전히 현재 진행형의 생활 터전이며, 할머니와 어머니, 아버지라는 과거의 시간과 연속적으로 이어져 있는 연대기적 공간이다. 공간이면서 시간인 '제주'는 실감으로서의 땅인 동시에, 수많은 생의 공간과 시간이 그물처럼 얽혀 있는 하나의 '우주'인 셈이다. 그런 그에게 신화나 전설로 전해지는 땅의 사연들은 상상의 허상이 아닌 생생한 실상이자 구체具體가 된다.

하여, 거의 여백으로 채워져 있다시피 한 '쇠죽은못'의 많은 이형異形들 속에서 시인은 자신만의 특별한 개성을 시의 액면 아래에다 선명히 새겨넣는다. "여장부"인 "홀어멍"의 이야기는 대개의 설화에서처럼 비극의 풍경으로 끝나지 않고, 봄날의 "찔레꽃가뭄"의 고통 속에도 꽃 내음, 살 내음 생생한 일상의 장면으로 멈춰 서 있는 것이다. 융의 원형심리학에 정통한 시인이자 심리분석 전문가인 클라리사 에스테스의 논지를 빌면, 이러한 여성상이야말로 바로 '여걸Wiid Woman'의 한 전형일 것이다. 이때의 'Wild'는 단순한 '거칢'이나 '길들여지지 않음' '통제불능'의 의미가 아닌 '자연의 일부로서의 건전한 삶과 야성'을 의미한다. 그러한 야성을 지닌 여성은 수동적 한

계를 벗어나 원형적 아름다움을 회복하고, 창조적이고 주체적인 '완전한 인간'으로서의 모습을 지니게 되는 것이다. 건강한 근원을 잃어버린 생명은 살아있음 본연의 체취를 잃어버리지만, 야성을 지닌 주체는 제 특유의 살내음을 풍기게 된다. 그러니 저만의 '살아있음의 체취'을 지니는 것 자체가 잘못이나 실수는 아닌 것이다. 자연과 인간, 본능과 이성이 인과 없이 뒤섞인 이 세계에서 생은 희극도, 비극만도 아니게 된다. 어쩌면 그것이 근원적 생의 진실에 더 가까울 것이다. 생명의 깊은 서사가 출렁거리면서도, 감각적이고도 훌륭한 시조의 율격이 '넘치지 않는 물동이의 물처럼' 구현되고 있는 점도 놀라움을 자아낸다.

한편 시인의 이러한 웅숭깊고 자연스러운 시간 의식, 생에 대한 의식은 생로병사의 도저한 고통 앞에서도 비극에 함몰되지 않는 의연한 태도를 끌어낸다.

바다에 반쯤 잠겼다 썰물녘 드러나는
애월 돌염전에 기대 사는 갯질경같이
한사코 바다에 기대
서성이는 생이 있다

그렇게 아흔아홉 세밑 겨우 넘겼는데
간밤엔 육십 년 전 돌아가신 할머니가

아기 젖 물리란다며 앞가슴 풀어낸다

사나흘은 뜬눈으로, 사나흘은 잠에 취해
꿈속에서도 꿈을 꾸는 어머니 저 섬망증
오늘은 어쩌다 맑음
요양원 일기예보

─「어쩌다 맑음」 전문

전체 시집 속에는 가족 관련의 시편들이 다수 등장하는데, 가령 「추풍령 뻘기꽃」「산굴뚝나비」「아버지」「꽃과 바다」 등의 '아버지 시편'과 남편의 「넥타이」 외, 시어머니가 등장하는 「흰 접시꽃」, 손자, 딸(들)과 사위의 「봄날의 교집합」「혜화문 아래」「시치미」, 아들의 「봉갓다」「정자리」 등이 그것이다. 이외에도 「상강 무렵」「붉은 찔레꽃」「갯무꽃」「금니빨」「박달나무 꽃피다」 같은 '어머니 시편'들에서는 시인이 가슴으로 부르는 먹먹한 사모곡思母曲을 들을 수 있다. 이처럼 끈끈하고 입체적인 혈연 의식은 시인이 단독자로서의 개인이기보다는 핏줄공동체 속에서의 삶의 의미를 중시하는, 강한 유대감과 가족애를 지녔음을 보여주는 것이기도 하다.

그 가운데서도 위 작품에는 섬망에 빠진 백수白壽 노모가, 그리운 어머니를 꿈속에서 만나 젊은 여식女息으로 돌아가는 모습, 또 그것을 초로에 접어든 딸이 지켜보는 장면이 중첩되어 그려져 있다. 풍경이 풍경을 바라보는 생의 아이러니가 우리로 하여금 이야기 너머의 이야기를 감득하게 한다. 아마도 젊은 날 "바다에 기대" 어린 생들을 키워냈을 그 어머니, 파란곡절 생의 바다에서 물질을 끝낸 지금 어린아이의 시간으로 다시 돌아간 것이다. 이제는 다 자라 그 자신이 너른 '모성의 바다'를 이룬 딸에게 온전히 기대고 있는 것이다. 호젓한 슬픔 가운데서도 "어쩌다 맑음"의 하루치 낭보朗報를 덤덤히 받아들이는 화자의 모습에서 생의 한가운데를 지키는 어떤 의연한 아름다움과 감동을 느끼게 된다.

삶을 순연히 바라보고 받아들이는 이러한 태도는 자신의 삶 근방에서 동행하는 소중한 것들과의 '교집합'을 찾게 하고, 그 시간을 '봄날'로 여기게 한다.

어린 봄 햇살 몇 줌
어찌 그냥 흘리랴
겨우내 눅눅해진 이불 홑청 가는 사이
일곱 살 벌테 손자가 반짇고릴 엎질렀다

저건 전리품이다
시집올 때 딸려온
쪽가위 골무 단추 남편의 첫 월급봉투
덩달아 마른 탯줄도 불쑥 튀어나온다

벼락 맞은 대추나무 도장이나 만들까
세상에 남길 거라곤 하나뿐인 탯줄 도장
아들놈 첫울음 같은
연두로 꾹 찍고 싶다

                              - 「봄날의 교집합」 전문

   이번 시집 전체를 놓고 볼 때 계절감이 직간접으로 드러나는 작품이 많은데, 그중에도 특히 많은 시편의 배경이 되는 시간적 배경이 바로 '봄'이다. 과연 이 봄날의 시간대가 시인의 의식 저변에서 어떤 강렬한 근원으로 자리 잡고 있길래 이렇듯 깊숙이 시의 형성에 관여하는 것일까. 위 시 「봄날의 교집합」에서 그 하나의 단초端初를 찾아볼 수 있다. 기실 생이란 "쪽가위"와 "골무" "단추" "첫 월급봉투", 뜬금없는 "마른 탯줄" 등이 두서없이 담겨 있는 "반짇고리" 같은 것인지도 모른다. 저마다의 시간 속에서 소중한 의미였을 그것들은 지금 나의 '인생'이라는 한 바구니 안에 오롯이 쌓여온 과거의 "전리품"일 뿐이다. 그것을 "일곱 살 벌테 손자"가 "엎지"르는 순간을 담은 이야기가 바로 이 「봄날의 교집합」이다. "눅눅해진 이불 홑청"처럼 망각으로 지지부진해진 일상의 시간을 전복하며 다시 "첫울음"으로 새롭게 발견해낼 때, 그것은 강력한 "탯줄 도장"의 주술이 되어 푸르게 푸르게 핏줄의 시간을 "어린 봄"의 시간으로 이어갈 것이다. 시인은 돌발적이고 사소한 봄날의 한순간을 의미롭게 포착

함으로써 생의 전 시간을 켜켜이 돌아보며 그 가운데서 경이로움을 발견해내고 있다. 유난하지 않은 일상의 장면 속에서 그것을 관통하고 조명하는 어떤 '찬란'을 읽어내는 힘이 시집 전체에 환한 봄날의 빛을 얹어주고 있다.

핏줄에 대한 깊은 마음은, 그리하여 자기 삶의 일부가 된 외부 생명들에 대한 따뜻한 표용과 공존의식으로도 자연스럽게 이양된다. 포용과 상생을 꿈꾸는 시인에게 함께 풍우 맞으며 살아가는 땅의 존재들은 단순한 사물이 아닌 동일시의 대상이 되기도 한다.

첫 수확 감귤밭을 어떻게 알았을까
'링링' '타파' '미탁' 그리고 '하기비스'
이름도 낯선 태풍들
번갈아 다녀간다

크든 작든 농사야 하늘이 짓는다지만
생색내듯 서너 됫박 햇살은 못 보탤망정
어린 것,
그만 흔들고

차라리 내 뺨을 쳐라

─「내 뺨을 쳐라」 전문

여자에게 과거는 묻는 게 아니랬다
사나흘 뭍 나들이 헛바람 든 감귤밭
여름순 가을순 가리랴
부나비 같은 사랑

그 사이 은밀하게 알 슬은 귤굴나방
하우스 몇 평 없으면 그게 어디 농사꾼인가
이파리,
저 은빛 공사
영락없는 비닐하우스

이래 봬도 내 꿈은 바람 타는 비닐하우스
쇠붙이 하나 없이 맨몸으로 굴을 파는
애벌레, 저 성스런 농법
내 무릎을 꿇는다

— 「어느 비닐 하우스」 전문

    "차라리 내 뺨을 쳐라"고 소리치는 화자의 모습에서 「쇠죽은못」의 그 '여장부'의 모습이 보인다. 사람살이나 관계의 문제라면 고요하게 "빌어보"든(「향일암 동백」) "세월에나 맡"겨보든(「몸으로, 갑년」) "개점휴업"이라도 하겠지만(「씨름판」). 그것이 아닌 근원적인 삶을 위협하고 "어린 것"의 생명을 앗으려는 거대한 폭력 앞에서는—그것이 대자연일지라도—온몸으로, 온 힘으로 맞서고 분투해야 하는 것이다. 이런 화자의 의식의 저변에는 생명을

잉태하고 지키는 위대한 여성성, '모성'이 자리 잡고 있
다. 이때의 모성은 '생명성'의 다른 이름이다. 생명을 지
킬 수 있는 생명은 강인하면서도 너그럽다. 그런 너그러
움만이 어리고 약한 것에 연민과 사랑을 느끼며, 그 앞
에 "무릎을 꿇"을 수 있는 것이다.

「어느 비닐하우스」에는 이른바 '해충'으로 치부되는
"굴굴나방"의 침노侵擄 앞에서도 기꺼이 마음 한자리를
내주는 화자가 등장한다. "맨몸으로 굴을 파는" 애벌레
의 고군분투를 "성스런 농법"의 "은빛 공사"라 칭하며 대
역사大役事로 기록하고 있다. 무엇을 막론하고 생명을 거
는 일은 비장하고 경외롭다. 미물로 불리는 것 앞에 기
꺼이 무릎 꿇은 화자는 이렇게 외치고 싶었는지도 모른
다. "나방의 삶도 모르면서 위대한 인간을 말하다니!"

이런 관대함과 넉넉함을 가지고 있기에 다음과 같은
시편도 가능한 것이다.

놀리느니,
댓마지기
기장 씨를 뿌렸다

기장도 연두 연두
연두 천지 피 천지

아무리
에멜무지라도

여름 농사 피 봤다

– 「피 봤다」 전문

　　시인은 이번 시집의 '시인의 말'에 "이젠// 놓아주마// 가난한 내 시편들아"라고 썼다. 그러나 가난을 아는 마음은 부요富饒하며, 자처한 가난은 고귀하다. 그런 화자(시인)이기에 대농의 꿈으로 안달하지도 않고, 뿌린 것이라 해봐야 돈 되기는커녕 작기도 작은 "기장 씨"인 것이다. 싹 나고 자라는 그 곁에 "피"까지 나 법석이다. 그런데 그것을 바라보는 화자의 눈에는 불이 돋는 대신 연두가 돋았다. "여름 농사 피 봤다"고 하는, 황당한 '피의 참사' 앞에서도 아무렇지 않은 듯 툭 내뱉는 그 말 앞에서 그만 웃음이 난다. 짧지만 생생한 삶의 묘사와 더불어 사물과 언어의 동음이의 말놀이pun까지 구사되는 시편을 통해 시인의 넉넉한 마음은 물론 재기발랄한 역량을 확인할 수 있다. "고맙다고 해야 할까/ 그래도 아깝다 할까/ 사냥매 꽁지깃의 이름표를 떼어내듯/ 내 이력 슬쩍 떼내는/ 딸 도둑 내 사위야"라며 속내를 내비치는 「시치미」라는 작품 속에서도 이런 너그럽고 환한 깊이를 만날 수 있다.

　　그렇다면 이런 안온하고 평안한 바라봄, 드넓은 마음의 지평을 열어주는 영지英智는 어디에서 오는가. 스스로 가난을 들이고도 휘청거리지 않으며, 오히려 그 속에서

낙망이 아닌 난만한 웃음과 상생의 온기를 더해주는 지혜는 바로 주체가 가진 내면의 빛으로부터 나온다. 참빛은 번쩍거리는 외피의 장식과 수사를 벗고 스스로 한 걸음, 존재 뒤편에 설 줄 아는 겸손함을 품는다. 인위의 현란이 아니라 깃들어 있어 스며 나오는 찬란이다. 가짜 빛은 눈멀게 하나 진짜 빛은 눈을 뜨게 한다. 그 빛은 앞서 제 존재를 자랑하지 않고, 존재로부터 스며 나와 세계를 밝힌다. 이 글의 모두冒頭에서 밝힌 "광이불요"가 바로 그러한 것이다. 시인은 다름 아닌 그런 내면의 빛, 참된 빛을 지닌 자라야 한다. 유몽인[2]은 "시는 인간의 정신세계에서 우러나온다. 시가 생활을 궁하게 만드는 것이 아니라 생활이 궁하기 때문에 그의 시가 이러한 것이다"라고 했는데, 이는 '생활'에 대한 이야기가 아니라, '정신'에 대한 이야기다. 시인의 가난은 생활 바깥이 아니라 생활의 안쪽에 있다는 얘기다. 바깥은 가릴 수 있지만 보이지 않는 안은 가릴 수 없다. 그런데 시는 정신에서 말미암는 것이니, 정신의 그릇인 시를 보면 가릴 수 없는 그의 진짜 삶이 드러난다는 얘기다.

> 잘 먹고 잘산다면 뭔 소리가 우러나랴
> 애월 어느 바닷가 소라고둥 같은 마을
> 건들면 울음소리가

---

2) 조선 중기 문인, 『어우야담於于野談』을 썼다.

묻어날 것 같은 이들

상군 해녀 춘희 삼촌은 내 어머니 친구다
4·3 광풍 이후 날궂이하듯 도진 신병
한사코 내림굿은커녕
푸닥거리도 마다했다

농한기 멍석 깔면 우리 집은 노래마당
"느~영 나~~영 두리둥실~ 놀~고요"
북 장구 허벅장단에
파도 소리도 끼어든다

그때 그 선소리꾼 분명 세상 떠났는데
어머니 요양원 곁에 오락가락 숨비소리
이 가을, 소리쟁이로 와
한 목청 꺾나 보다

　　　　　　　　　　　　　　－「소리쟁이」 전문

　　문순자 시인의 이번 시집에서 크게 마음을 사로잡는
시편인 「소리쟁이」다. 한 편 시 속에 "4·3" 비극의 시간
과 "농한기" "그때 그 선소리꾼"의 시간, 어머니의 시간,
"이 가을"(현재)이라고 하는 넓고 다양한 시간의 스펙트
럼이 중층적으로 깔려 있다. 그런 시간을 종축縱軸으로
하고, "애월-바닷가-마을" "우리 집-노래마당" "요양
원"이라고 하는 공간을 횡축橫軸으로 하여 전체 배경은

복합적으로 교직되어 있다. 그렇게 마련된 서사의 마당에 들어서는 등장인물들이 "춘희 삼촌"과 "선소리꾼" "어머니"와 자세히 그려져 있지는 않지만 "건들면 울음 소리가/ 묻어날 것 같은" 어촌 사람들이다. 켜켜이 쌓인 그 땅, 그 시간 속에서 어떤 수많은 울음과 웃음이 파도소리처럼 밀려왔다. 밀려갔을까.

하즈랏 이나야트 칸[3]의 "소리는 어디에나 스며 있는 생명이 의식되는 활동"이라 한 말을 되짚으면, 생명력 있는 모든 것은 소리를 낸다고 말할 수 있을 것이다. 그런데 가만히 귀 기울이면 인간이나 크고 작은 동식물뿐만 아니라, 한자리 가만있는 바위조차 파고드는 시간에 품을 내주며 쩍쩍 소리를 내는 것이 들린다. 먼 데서 달려온 바람과 물소리, 밤이면 어디론가 사라졌다 한 줌 빛에 거짓말처럼 살아 돌아오는 작은 새들도 제 이름을 부르며 운다. 존재하는 일이 제소리를 내는 일과 다르지 않다. 그렇다면 우리는 존재하기 위해, 살아있기 위해서는 소리를 내야 한다. 건드리기만 해도 울음이 날 것 같고, 광풍이 휩쓸고 신병이 도졌어도, 그렇기 때문에 더욱 크게 소리쳐야 하는 것이다. 그 선두에서 북, 장구, 허벅장단으로 흐벅지게 끌어주던 그 선소리꾼 가고 없어도 노래 멍석을 깔고 한 목청 꺾어야 하는 것이다.

소리를 생각하는 마음은 모든 것들이 제소리와 빛깔을

---

3) 인도 수피즘의 영적 스승. 시인, 철학자.

피워올려 한데 어울려 살아가기를 바라는 마음, '조화'를
꿈꾸는 마음이다. 너른 생명의 바다에서 저마다의 소리
를 길어 올리며 조화와 공생을 이끄는 그 선소리꾼이 바
로 '삶의 소리쟁이', 시인이다. 마치 "나, 소리하겠소, 소
리로 살아있겠소" 외치는 듯한 시인은 다음과 같은 인식
에 이르며 생을 노래한다.

> 기어이 허공에 올라 별이 되고 말리라
> 기도이듯, 절규이듯 절벽을 타오르는
> 초가을 파도 소리를
> 감아올린 으아리꽃
>
> 그리움은 지상의 일, 하늘은 허공일 뿐
> 종일 땅바라기 그 끝에 하늘바라기
> 육지와 바다도 그냥 물끄러미 쳐다볼 뿐
>
> 마라도 가파도가 쏘아 올린 이 꼭대기
> 몹쓸, 몹쓸 모슬포 바람 온몸으로 울고 마는
> 하산길 내가 서 있던
> 그 자리도 하늘이었네
>
> – 「송악산 으아리꽃」 전문

평론가 유종호는 "오직 모국어 속에서만 비로소 시인
일 수 있다"고 말한 바 있지만, 그때 모국어란 모든 산
것들이 제 타고난 땅에서 길어 올린 저다운 소리를 의미

할 것이다. 그것이 "기도이듯, 절규이듯 절벽" 같은 일이 되고 "온몸으로 울고 마는" 일일지라도 기어이 타고 오르고 길어 올려야 하는 것이다. 번쩍거리는 영예가 아닌 "허공일 뿐"인 하늘의 일이 될지라도 "기어이 허공에 올라 별이 되고 말"아야 한다. 어둠에 가려 보이지 않는 날도 늘 그 자리에서 빛나고 있는 광이불요의 별처럼.

3.

문순자 시인은 한 개인으로서의 주체적 자아의 고요한 중심을 잡으면서도 그가 속한 공동체의 삶에 긴밀히 연결된 일원으로서의 자신을 잊지 않는다. 자신이 뿌리내린 땅에 핏줄처럼 이어지고 스민 시간을 되새기며, 삶의 안팎을 구성하고 이끌어 온 어떤 근원에 대해 이르집고 기리고자 한다. 그것은 시인 자신의 현재적 삶은 물론, 연대기의 토양이자 영혼의 본향인 제주라는 거대한 우주가 자신의 시 세계의 도저한 근원이 됨을 잘 알기 때문이다.

그리하여 자연적 삶의 조건에 조응하면서도 건전하고도 능동적인 야성을 발휘하며, 당당하고 의연한 태도를 애써 견지한다. 시집 속의 화자가 대상물들을 바라보고 관계 맺는 과정을 지켜보면서 우리는 자연스럽게 시인의 의식 저변에 깃들어 작동하는 강인하고도 너그러운 깊이는 물론, 어리고 여린 것, 약한 것들에 대한 지극한 연민과 사랑의 모성을 체험하게 된다. 그런 안온하고도 넉넉한 조화와 공존을 꿈꾸게 하고, 실현해가는 기제는 바로 '소리'다. 그는 현대시조의 정형률이라는 언어 미학에 충실하면서, 삶의 현장에서 절절한 노래로 울려 퍼지는 소리를 선창先唱하는 아름다운 '삶의 소리쟁이'의 모습을 여지없이 보여주고 있다.

문순자 시인의 이번 시집은 '언제나 맑음'이 아닌 '어쩌다 맑음'의 생을 노래하고 있다. "생은 아름다울지라도 피 흘리는 것"이라 어느 시인은 말했지만, 몹쓸 바람 때리는 내리막의 하산길이 도처에 있는, '어쩌다 맑을 뿐인' 생임을 그는 잘 안다. 바닷속을 훤히 꿰고 있는 상군 해녀가 편하고 좋은 곳을 선점하지 않고 오히려 더 깊고 먼바다로 나가 존경을 받는 것처럼, 그는 그런 어둠 가득한 날에도 여장부처럼 생의 먼바다로 앞장서서 시의 물질을 나간다. 그리고는 가쁜 생의 바다에서 생명 있는 것들의 소리를 길어 올린다. 존재가 피우는 작은 소리에도 영혼의 촉수가 돋아 잠 못 드는 그는 지극하게 생을 노래하는 상군 가인歌人이다.

풍경보다 아름다운 지도는 없다. 수많은 풍경의 소리가 올올이 새겨진 이번 시집의 지도를 그리면서, 그가 빚어낼 깊고 아득한 다음 풍경들이 벌써, 몹시도 궁금해진다.